Die Geschichten handeln von Einsamkeit und Verzweiflung; von sich nicht zugehörig fühlen; von Neid und Wut; von Ausweglosigkeit und Depressionen; von Verrat und Ausnutzung.

Alles Gefühle und Gemütszustände, die Menschen, die gesellschaftlich durch die Agenda 2010 den Anschluss verloren haben nur zu gut kennen. Denn das Leben im ALG II ist nicht fluffig, das Leben mit Depressionen ist nicht umgangssprachlich spannend. Es macht Angst, schürt Wut, macht einsam.

Björn Kamlah, geboren 1974 in Celle, Niedersachsen, aufgewachsen im Zonenrandgebiet in Wittingen. Nach Abitur, Studium und Lehre folgte 2007 Hartz IV. Eine Zeit geprägt von Isolierung, Angst und Depressionen. Seine Geschichten und Drehbücher handeln von Menschen in diesen Zeiten und Situationen und versuchen darzulegen was diese Ächtung an Menschen anrichtet.

Björn Kamlah

Zutritt nur für Mitglieder
Agendavegetieren

Kurzgeschichten

Bibliographische Informationen der Deutschen Nationalbibliothek:

Die Deutsche Nationalbibliothek verzeichnet diese Publikation in der Deutschen Nationalbibliografie; detaillierte bibliographische Daten sind im Internet unter http://dnb.ddb.de abrufbar.

TWENTYSIX – Der Self-Publishing-Verlag

Eine Kooperation zwischen der Verlagsgruppe Random House und BoD – Books on Demand

© 2016 Björn Kamlah

Herstellung und Verlag:

BoD – Books on Demand, Norderstedt

ISBN: 978 3 740 71214 3

Inhalt

Ein Ausgestoßener geht einkaufen 6

Die Angst und die Wut 31

Vampire sind auch nur Menschen 37

Ich bin Pandora 43

Tränen in New York 45

Lohn für Arbeit? Wie 1980 bist du denn? 54

Das Breitmaul spielt Gitarre 71

Ein Ausgestoßener geht einkaufen

An der Wohnungstür bleibt er noch einmal stehen. Die Jacke angezogen, die Tasche, nicht mehr aus Jute, aber er nennt sie immer noch so, müsste eigentlich mal gewaschen werden, später, ist gefüllt mit Leergut, alles fünfundzwanzig Cent Leergut, Dosen und Plastikflaschen, bestimmt zwei Euro wert, in der Hand. Er checkt, ob alles ruhig ist. An der Tür stehend, spürt er den steten Luftzug, der dafür sorgt, dass es nie wirklich warm ist in seiner Wohnung, dafür aber seine Heizkosten viel zu hoch sind für die vierundvierzig Quadratmeter.

Wenn es nur im Sommer als Ausgleich dafür mal einen Durchzug geben würde, aber nein, alle Fenster gehen nach Süden. Jeden Tag steht da von zehn bis siebzehn Uhr die Sonne drauf, knallt mit ihrer mörderischen Kraft ihre Energie in die Wohnung, heizt sie auf. Manchmal, wenn es einen Wetterumschwung gegeben hat, ist es noch mehrere Tage später in der Wohnung wärmer als draußen. Da ist dann nichts mehr zu spüren von diesem vermaledeiten Luftzug, obwohl es sicher acht bis zehn Grad kühler im Treppenhaus ist. Nein, natürlich nicht, nur im Winter kriecht die kalte Luft herein, verdrängt die Wärme, zieht sie nach draußen, wie ein Cowboy, der ein bestimmtes Kalb oder Pferd aus der Herde separieren will, um es zu impfen, zu besohlen, zu schlachten.

Er steht da und horcht. Das ist nämlich auch klasse an dieser Tür. Man hört fast so gut, was sich im Treppenhaus abspielt, als wenn die Tür offen wäre. Dick ist sie zwar, die Tür, aber vielleicht besteht sie nur aus zwei nanometerdicken Platten mit

8 cm Luft dazwischen. Luftpolster sollen sich ja besonders gut dämmend auswirken.

Jedenfalls horcht er. Alles still im Flur. Rechte Hand an die rechte Seite der Jeans. Ja, da ist er der Schlüssel. Gut! Ist ihm ja schon lange nicht mehr passiert, dass er sich ausgeschlossen hat. Früher häufiger. Da hat er sogar bei drei Freunden Schlüssel deponiert, damit er dann wieder rein kann, ohne einen Schlüsseldienst für dreihundert Euro zu rufen. Okay müsste er gar nicht. Die Frau des Blockwarts hat bestimmt noch zwei oder drei Schlüsselpaare, die zu seiner Wohnung passen. Aber das ist trotzdem nicht gut. Dann müsste er mit ihr reden. Nett ist sie ja eigentlich, zumindest seit der Blockwart vor vier Jahren gestorben ist. Trotzdem, nein, er will so wenig Kontakt wie möglich.

Darum steht er ja auch hier an der zugigen Tür und horcht.

Beim Kontrollieren, ob der Schlüssel auch wirklich in der rechten Hosentasche ist, hat er sich mal wieder fast einen Finger an dieser einen Zierniete der Jeans aufgeratscht. Blödes Ding. Viel zu scharf ist es. Und was soll das überhaupt da dran? Früher nutzte man das, um die Taschen auf die Hose zu bringen, zu fixieren, heute doch ja nun nicht mehr. Alles nur Fassade, gehört zum Look. Naja, was will man denn erwarten, von einer Jeans vom „Clamotten August". Genäht von Kinderhänden in Singapur oder Indien oder Thailand oder Taiwan oder China oder Vietnam oder Indonesien oder sonst einem dieser Länder, die ja einen so riesigen Wettbewerbsvorteil gegenüber uns haben. Da können wir halt nicht mithalten. Hier bekommt zwar eine Kuh, wenn sie denn mal für einen Film gebraucht wird, mehr Gage pro Tag, als ein gewöhnlicher Schauspieler, aber mit Kinderhänden können wir nicht mithalten.

Kinder sind ja unser höchstes Gut. Die müssen gehegt und gepflegt werden. Jede Gefahr muss von ihnen ferngehalten werden. Schlimme Computerspiele, schreckliche Filme, böse Menschen, gemeingefährliche Bäume, die Kinder nur allzu willentlich abwerfen, Staub und Dreck, wie siehst du wieder aus.

Und ja kein lautes Wort bitte. „Lukas, das möchte der Mann bestimmt nicht, lass das bitte, hörst du?" So sagt man einem fünf jährigem Jungen heutzutage, dass es sich nicht geziemt, mit seinem Holzschwert auf einen fremden Menschen einzuprügeln. Klar tut das einem nicht wirklich weh, aber am liebsten würde man dem verzogenen Gör das Holzschwert aus den Händen reißen und dem Rotzlöffel mal kurz zeigen, wie sich das anfühlt. „Lukas, bitte. Der Mann möchte das nicht." Na klar, Kinder sind unser höchstes Gut.

Jedenfalls ist alles still im Treppenhaus. Leise macht er die Tür auf, huscht, mit einer geschmeidigen Drehung, hätte man ihm gar nicht zugetraut, sicher eine fünfkommaacht in der B-Note, außer vom ostdeutschen Punktrichter, der gibt eine fünfkommadrei, in das Treppenhaus, die rechte Hand, an der die Tasche, keine Jute, baumelt, an den Knauf, die Linke geschwind auf zehn Uhr gebracht. Die Tür wird mit rechts fast zugezogen, während mit links das Flurlicht angeschaltet wird.

Nun ist die linke Hand frei, auf fünf Uhr umzuschwenken. Schlüssel immer noch in der Jeans, die so viel gekostet hat, wie die neue CD von einem diesen Gangsterrappern, die ungefähr so hart wie Gummibären sind, große Klappe, nix dahinter, wie immer bei Konservativen? Man kann ja nie wissen.

Die Tür wird möglichst leise zugezogen und knallt doch recht laut ins Schloss. Liegt bestimmt an der siebenkommaachtsechs Zentimeter dicken Luftschicht in der Tür, dass sie so knallt. Eigentlich ja auch unnötig es leise zu versuchen. Erstens knallt sie sowieso und da die übrigen Türen im Haus ja auch nicht anders sind, würde man durch sie hindurch auch ein leises Klicken oder Klacken hören. Und zweitens, hat er ja durch das Anschalten der Treppenhausbeleuchtung, bereits vor dem Knallen der Tür angekündigt, hallo, Achtung, jetzt kommt wer durchs Treppenhaus. Und da, ach das wurde noch gar nicht erwähnt, die Türen keinen Spion haben, sondern ein Fenster, dreißig Zentimeter lang, zwanzig Zentimeter breit, dass die meisten mit Geschenkpapier, Folie oder sonst irgendeinem Plunder abgeklebt haben, kann man immer schön sehen, ob die Treppenhausbeleuchtung an ist oder nicht.

Eines muss man dem Vermieter aber lassen. Besonders geizig ist er in Sachen Treppenhausbeleuchtung nicht. Wo hingegen in anderen Häusern, man, wenn man aus dem fünften Stockwerk, im Laufschritt die Treppen hinunterjachtert, trotzdem, zwischen dem zweiten und ersten Stockwerk, ins Straucheln kommt, da die Beleuchtung sich automatisch ausschaltet, wir müssen den Gürtel ja enger schnallen, ist ja bekannt, ist bei ihm späträmische Dekadenz angesagt. Das Licht. Es brennt und brennt und brennt und brennt. Er hat nie gestoppt, wie lange, aber auf jeden Fall so lange, dass man aus dem fünften Stock nach unten kann, und zwar nicht immer drei Stufen überspringend, sondern durchaus gemütlich, in einem angemessenen Tempo, seine Post holen oder seinen Biomüll in der entsprechenden Tonne unterbringen kann und wieder nach oben gehen kann, wobei ihm schon immer nicht in den Kopf wollte, wieso man spätestens ab dem dritten Stockwerk versucht das Tempo zu halten. Das klappt nicht, zumindest nicht als normaler Mensch. Die Eifelturm oder Empire State Building Hochrenner, denen ist das natürlich egal, die halten ihr Tempo, nicht so wir normalen Menschen. Man ist nur noch stärker aus dem Atem, weil Anstrengung halten antiproportional ist. Man muss nicht das Doppelte reinstecken, um die doppelte Leistung zu bekommen, nein, gar das Vierfache, genau, wie bei der Rente.

Bei ihm also klappt das mit dem Licht wunderbar, außer, man steht an der Tür und wollte gerade raus, konnte aber nicht, weil da ja jemand direkt vor einem, das Treppenhaus benutzte. Man hat diese Person gehört und wollte ihr nicht begegnen, also wartete man an der Tür. Vielleicht will die Person ja nur die Post holen oder den Biomüll entsorgen und kommt gleich wieder hoch. Nein, man hört die Haustür zuknallen, man könnte jetzt raus, eigentlich. Aber wie lange war das Licht jetzt schon an? Hat die Person vielleicht gebummelt auf dem Weg nach unten oder hat das Licht angeschaltet und dann gemerkt, holla, die Kaffeemaschine ist ja noch an. Wenn man nur raus will aus dem Haus, muss man, wie ja schon ausführlich dargelegt, sich ja nicht unbedingt beeilen, wenn man nicht will, machen manche natürlich trotzdem so, besonders Leute, die neu ins Haus gezogen sind, da alte Gewohnheiten sich ja bekanntlich ganz schwer ablegen lassen, und wer weiß vielleicht kommt der Vermieter ja auf den Gedanken, nein, diese Verschwendung muss aufhören und man selber hat das gar nicht so mitbekommen und lässt sich Zeit und dann kommt man doch ins Straucheln, weil zwischen dem zweiten und ersten Stockwerk dann doch, plötzlich und unerwartet, das Licht ausgeht. Also kann man nie sagen, wie lange das Licht noch brennen wird, und da man nun schon gewartet hat, wird es immer wahrscheinlicher, dass, wenn man jetzt doch noch versucht in diesem Lichtabschnitt die Treppen zu überwinden, das Licht eben doch ausgeht und da man sich ja beeilt, weil man ja weiß, dass das Licht ausgehen wird, zumindest bald, kommt man noch mehr ins Straucheln, wenn überraschender Weise das Licht ausgeht und man könnte ja gerade mitten im Schritt nach unten sein und fallen. Also wartet man an der Tür, bis das Licht ausgeht, geht dann raus und schaltet es erneut an.

Da er nun selber die Treppenhausbeleuchtung in Gang gebracht hatte, kann er sich ja eigentlich Zeit lassen, wobei man auch nicht zu sehr trödeln sollte, weil ja jemand nicht so rücksichtsvoll sein könnte und zusammen mit ihm das Treppenhaus benutzen könnte, ob aus bösem Willen, oder einfacher Gedankenlosigkeit sei mal so dahingestellt. Also geht er zügig die Treppen hinunter. Im Hochparterre angekommen liegt linker Hand die Wohnungstür der Frau des Blockwarts. Sie wird ignoriert, die Tür meine ich, na klar die Frau des Blockwarts dadurch natürlich ebenfalls. Sie bekommt nämlich noch Geld von ihm. Zweiundzwanzig Euro für die letzten drei Monate Treppenhausreinigung. Krummer Betrag, ja klar, aber der setzt sich daraus zusammen, dass alle drei Wochen auch der Dachboden, wo ungenierte Menschen ihre Wäsche zum Trocknen aufhängen, gereinigt werden muss. Da kostet der Reinigungsdienst der Frau des Blockwarts dann sieben anstatt fünf Euro. Und da kommen dann schon mal krumme Beträge bei heraus.

Außerdem ist sie immer gerne zu einem Schwätzchen bereit. Und wenn man höflich ist, sie freundlich grüßt und nach dem werten Befinden fragt, ist man mindestens 10 Minuten damit beschäftigt sich mit ihr zu unterhalten, ob es denn schon was Neues gibt, in Sachen Arbeit, ach es ist ja eine Schande, und die neuen Mieter sind so laut, so was hat es früher nicht gegeben.

Nein, da übertreibt er etwas. Sie ist eigentlich ganz nett, jedenfalls netter als ihr Mann war, und sie hält einen auch nicht mit „ach so, was ich Ihnen noch sagen wollte", oder „haben Sie denn schon gehört" im Gespräch gefangen, nein so ist sie ja gar nicht. Trotzdem ist er immer froh, wenn er unbehelligt an ihrer Tür vorbeikommt. Alleine schon wegen der zweiundzwanzig Euro.

Bevor man nun die letzten drei Stufen vom Hochparterre ins Erdgeschoss kommt, muss man noch an den Briefkästen vorbei. Auch eine Tortur. Was kann denn da schon drinnen sein, außer Rechnungen und Werbung. Niemand schreibt mehr

Briefe. Man ruft an, auf Festnetz oder Handy, oder schreibt eine E-Mail, oder eine SMS, oder eine Notiz bei Facebook. Entsprechend kann da nur offizieller Mist drin sein. Ein Schrieb von der GEZ zum Beispiel. Eigentlich hätte man schon seit neun Jahren keine Gebühr mehr bezahlen müssen. In der Ausbildung hat man die Beihilfe des Arbeitsamtes bekommen und war damit eigentlich befreit, und da das Gehalt in der Ausbildung so niedrig war, dass man sofort in Hartz IV gerutscht ist, als man nicht übernommen wurde, hätte man auch da nichts bezahlen müssen. Nachträglich kann man aber keine Anträge stellen, das geht natürlich nicht, und so hat man mehrere tausend Euro bezahlt, obwohl man gar nicht wusste, dass man gar nicht muss, und als man nicht bezahlt hat, weil man ja nicht muss, weil man nichts mehr hat, den Antrag aber falsch gestellt hat, muss man nun nachträglich doch zahlen. Verwirrend.

Und generell dieser innen liegende Briefkasten. Der Postbote hat ja nun zumindest einen Schlüssel, das heißt der Mensch mit seinem Fahrrad, in gelben und schwarzen Stoff gehüllt, kommt einfach so, ohne weiteres an den Briefkasten. Das war nicht immer so in den elf Jahren, die er hier nun schon wohnt. Früher, ha, früher musste er klingeln und hoffen, es wäre irgendjemand im Haus. War ja auch meistens, aber eben nicht immer. Dann musste er später noch einmal zurückkommen. Da kam es dann doch schon mal vor, dass Post verschwand. Erzählen sie das mal einem öffentlichen Amt. „Die Post habe ich nicht bekommen!" Glauben die nie. Hören sie auch ständig, ist mir klar, aber was soll man machen.

Naja wie gesagt, der von der Post, wobei ist der noch bei der Post wirklich angestellt, oder ist das auch schon outgesourced, ist ja seid „Schlecker" nicht mehr so DER letzte Schrei, so Angestellte kündigen, mit der hauseigenen Zeitarbeitsfirma wiedereinstellen, für 75% des Lohnes versteht sich, und den gleichen Job machen lassen, weiß er gar nicht, ob das bei der Post auch so ist, vorstellen kann man sich das schon, hat also einen Schlüssel für die Haustür, um an den Briefkasten zu kommen. Der Bote von der Citipost aber nicht. Der oder die muss die alte Klingeltour fahren. Leider ist er schon lange arbeitslos, und da hat sich der Hansel von der Citipost natürlich schon lange gemerkt, Klingel bei dem, der ist so gut wie immer da. Wie nett von ihm. Will die anderen nicht stören, denn wenn die mal da sein sollten, haben die wahrscheinlich einfach mal frei oder Urlaub, oder sind gar krank, da will man die natürlich nicht stören.

Besonders schön ist das samstags. Unter der Woche kommt der Bötling von der Citipost gegen Mittag, so zwischen elf Uhr dreißig und dreizehn Uhr, je nach Betrieb. Samstags kommt wer anderes, was natürlich dafürspricht, dass die Postillione der Citipost nicht über eine Zeitarbeitsfirma engagiert sind. Diese andere Person fährt entweder die Tour anders oder samstags sind die Bezirke anders geordnet. Jedenfalls ist diese Person immer so gegen neun, vielleicht auch neun Uhr dreißig bei ihm vor dem Haus. Und klingelt wo wohl? Nun ist er nicht mehr blutjung, und Geld zum ordentlich ausgehen hat er auch nicht, und doch kam es vor, dass er bei Bekannten eingeladen war. Zum Geburtstag vielleicht, oder ein Spieleabend, oder einfach nur so, und dann nicht vor zwei oder drei nach Hause gekommen ist. Nun klingelt der Citiposthannes natürlich auch am Samstag bei ihm. Um neun, vielleicht auch neun Uhr dreißig. Und peng ist er wach und lässt den Frickel an die Briefkästen. Man könnte jetzt auch aufstehen, die Kaffeemaschine laden, duschen gehen, sich einen Kaffee eingießen und in Richtung Sofa bewegen. Könnte man, macht er meist auch so, manchmal aber eben auch nicht, weil er noch im Halbschlaf ist, und noch nicht so richtig beisammen. Dann legt er sich wieder ins Bett. Blöde Sache, weil in zirka einer Stunde, je nachdem, ob die Citipost um neun oder um neun Uhr dreißig da war, wird es nämlich wieder klingeln. Und zwar der Prospektauslieferer will dann an die Briefkästen. Er hat einen „Werbung, nein danke" Aufkleber an seinem Briefkasten, aber das weiß der Auslieferer natürlich nicht, oder es interessiert ihn nicht, er klingelt. Muss er ja, nützt ja nichts, will ja auch nur so schnell wie möglich die Arbeit hinter sich bringen. Wenn schon nicht von der Citipost, ist er spätestens vom Werbeheini wach.

Rechts stehen die Tonnen. Zwei kleine schwarze und eine Biomülltonne. Sein Haus in der Straße ist was Besonderes. Es hat Mittelwohnungen. Die anderen, auch die eigentlich baugleichen, haben immer nur zwei Wohnungen pro Etage. Aber diese Häuser haben alle drei schwarze Tonnen. Bei strikter Mülltrennung reichen die zwei Tonnen auch sogar, nur gerade so, aber sie reichen. Aber wehe, es ziehen neue Mieter ein, das dauert bestimmt zwei Jahre, bis die das mit der strikten Trennung hinbekommen. Im Moment sind zwei junge

Studenten gerade seit drei Monaten neu im Haus. Und seitdem reichen die zwei Tonnen für vielleicht fünf, wenn es hochkommt, sieben Tage. Alle vierzehn Tage wird geleert. Und dieses Jahr war es besonders mistig, da, nicht wie sonst, zwischen Weihnachten und Neujahr nicht geleert wurde, erst im neuen Jahr. Am Mittwoch vor Weihnachten wurde geleert, und da Weihnachten dieses Mal auf einen Montag fiel, waren die Tonnen schon zu drei Vierteln voll, als die Geschenke ausgepackt wurden. Das heißt, am fünfundzwanzigsten quollen die Tonnen über, aber erst am zweiten Ersten wurde geleert. Was soll man machen, man lagert den Müll in der Wohnung und wenn die Tonnen leer sind, wird alles darin verstaut, was bedeutet, dass die Tonnen spätestens drei Tage nach Leerung wieder voll sind. Und man den Müll in der Wohnung lagert, bis die Tonnen leer sind. Zudem zieht nächsten Monat wer aus, und man findet irgendwelche Holzbretter im Müll oder andere Materialien, die anfallen, wenn man eine Wohnung entrümpelt und neu renoviert.

Der kurze Weg bis zum Gehweg ist schnell geschafft, nun die Qual der Wahl, braucht er noch Tabak und/oder Blättchen und /oder Filter? Dann heißt es sich nach rechts wenden. Hat auch den Vorteil, dass man nicht am Wohnzimmerfenster der Frau des Blockwarts vorbei muss. Wenn nicht, nach links wenden. Aber hat man auch Geld dabei? Nee, natürlich nicht und die nächste Bank, bei der man umsonst Geld abheben kann ist dann doch einen ganzen Kilometer weg. Aber das war die einzige Bank, die auch Arbeitslosen ein kostenloses Gehaltskonto angeboten hat. Begründet wird das ja damit, dass Konten von Arbeitslosen, mehr Aufwand machen. Ah ja, genau, wer´s glaubt, wird selig. Warum sollten die mehr Aufwand machen? Da kommt ein Betrag drauf, wie bei allen anderen auch, meist am Anfang des Monats und dann gehen bis zum Ende des Monats kontinuierlich Beträge runter, wobei ich mir vorstellen kann, dass die Anzahl der Buchungen bei Arbeitslosen weniger sind, als bei Menschen, die mit ihrer Arbeit einen Ertrag bekommen, der zum Leben mehr als ausreicht. Also eigentlich weniger Aufwand. Gemeint ist natürlich, dass das Risiko, dass das Konto eines Arbeitslosen gepfändet wird, höher ist, aber das kann man ja nicht so öffentlich sagen, weil dann die Kunden überlegen könnten, dass man so ja nicht mit Menschen umspringen kann und vielleicht ihr Konto zu einer der wenigen anderen Banken verschieben, die nicht so denken. Es ist aber genug Geld auf dem Konto und er braucht auch nichts vom Kiosk, also kann er mit Karte zahlen.

Linker Hand, und das ist wirklich nur Zufall und soll in keiner Weise politischen Ausdruck haben, kommt nun das Bureau, er mag wie sich das Wort Bureau ansehen lässt, anstelle des ekeligen Worts Büro, vom B.U.N.D. und passend dazu der Bio-Kaufmannsladen. Natürlich sind alle wieder mit dem Fahrrad gekommen, ist doch klar, wenn man beim B.U.N.D. ist. Da sitzen sie nun und schmieden Pläne wie sie die nächste Froschwanderung hinbekommen und wie das Schulprojekt, „Der Lurch, bald ist er verschwunden" anzugehen ist. Manchmal fragt er sich, wo eigentlich die Prioritäten sind. Oder wie sorglos man leben muss, um sich darüber Gedanken zu machen. Manchmal wünscht er sich, es würden sich genauso viele Menschen für ihre Mitmenschen einsetzen, wie für den Lurch. Und manchmal denkt er sich, wie schön und gut und wichtig ist es, dass es Menschen gibt die trotz der schlimmen Probleme, die wir in diesem reichen Land haben, immer noch sich um etwas so vordergründig Unwichtiges wie einer Krötenwanderung widmen können, ohne dabei ein schlechtes Gewissen zu haben, dass sie ihre Energie für anscheinend wichtigere Dinge einsetzen könnten.

Wieder links um, da steht er wieder. Ganz in schwarz. Ein amerikanisches Musclecar, zwar nur mit dem kleinen Motor mit dem V6 Motor, aber egal. Was für ein Anblick. Wie ein ausgebildeter Bizeps auf vier Rädern. Klar schleicht sich sofort das schlechte Gewissen in den Vordergrund, der Spritverbrauch. 9,8 Liter auf 100 Kilometern geht natürlich überhaupt nicht mehr, weder bei diesen Spritpreisen, noch, wenn man an die Umwelt denkt. Und wer braucht schon 296PS und dass mit dem kleinen Motor. Aber alleine der Sound des Motors, göttlich. Und dabei ist er noch nicht mal ein Autofanatiker, wie anscheinend die meisten männlichen Deutschen. Er kann nicht wirklich was mit dem Drehmoment anfangen, bzw. weiß er schon was das ist, nur kann er nicht beurteilen ob 339Nm nun viel oder wenig ist. Wenn er da an seinen deutschen Kleinstwagen aus Wolfsburg denkt. Den hat er von Oma bekommen, als sie nicht mehr fahren konnte. Super für die Stadt, guter Verbrauch, auf der Landstraße nervig, weil man mit den 45 PS nicht mal 'nen LKW überholen, kann, ohne mindestens einem Kilometer freie Strecke auf der

Gegenfahrbahn. Aber super in der Stadt, und klasse für Parkplätze, was ja hier auch ein riesen Problem ist. Aber der Polo sieht natürlich aus, wie Knüppel vor dem Kopp. Sah er auch schon immer. Manchmal fragt er sich, wenn er so die modernen europäischen und asiatischen Fahrzeuge so sieht, welcher Ingenieur hat bei der Konstruktion gesagt, ja geil man, der sieht super aus. Und die Form muss doch auch irgendeinem Vorstand vorgelegt worden sein. Und die müssen gesagt haben, ja, toll, sieht richtig gut aus der Wagen. Er würde gerne mal wissen, was diese Menschen noch alles als gutaussehend empfinden. Einen Nacktmull vielleicht? Oder würden die gerne einen Seewolf sich im Aquarium halten und verzückt auf ihn starren?

Auf der rechten Straßenseite ist dieses Geschäft. Ist bestimmt der fünfte oder sechste Laden drin, seit er hier wohnt. Jetzt sind es Second-Hand-Babyklamotten. Es waren mal Brautmoden, Second-Hand-Babyklamotten, ein Nagelstudio, ein Second-Hand-Laden, ein Spielzeugladen speziell für Kleinkinder da drin. Und jetzt also ein Laden für Babyklamotten, wieder, Second-Hand versteht sich. Wird sich bestimmt halten. Hoffentlich hat der Besitzer ein Konto bei meiner Bank, denkt er sich. Sonst muss er auch bald Gebühren zahlen.

Und linker Hand kommt ein weiterer Laden. Der war schon ein Second-Hand-Laden, ein Café, dass an drei Tagen der Woche, für drei Stunden, jeweils von fünfzehn bis achtzehn Uhr geöffnet hatte und ist jetzt ein Laden, der Glasperlenschmuck selber herstellt und verkauft. Schickschick. Plunder.

So wieder links um die Ecke. Der Discounter Parkplatz. Immer voll. Vor allem ab siebzehn Uhr. Auch wenn kaum einer im Laden ist. Die Parkplatzsituation ist ebenso. Wäre er nicht links abgebogen, sondern gerade aus weiter, wäre er zu einem anderen Discounter, den von diesen Brüdern, gekommen. Deren Parkplatz ist nicht immer voll, besonders abends. Da fahren sie nämlich eine Schranke runter und man kommt weder rauf, noch runter. Ist schon einigen zum Verhängnis geworden. Dieser Discounter, also der von den Brüdern, macht nämlich auch schon um zwanzig Uhr zu. Wenn man dann wen besucht, sagen wir um neunzehn Uhr und keinen Parkplatz findet, aber mit dem Auto fahren musste, weil man zum Beispiel aus Meine oder Rötgesbüttel kommt, und dann auf dem Parkplatz parkt, und um zwanzig Uhr dreißig wieder weg will, hat man Pech gehabt.

Theoretisch hätte er auch durch die Gartentür, hinten raus gekonnt. Da sind ein kleiner Garten und dahinter Garagen. Direkt hinter dem Discounter, also nicht dem von den Brüdern. Aber die Zufahrt zu den Garagen ist mit einem Schloss abgesichert und auf dem hüfthohen Zufahrtstor sind Zacken. So dass man eben nicht mal schnell darüber kann. Also muss er außen herumgehen. Naja, jeder Gang macht schlank. Drei Euro ins Phrasenschwein, bitte.

Nun also zum Discounter, rein; genau, nicht der Brüderdiscounter, der andere. Rechter Hand sind, bestimmt aus Platzmangel im restlichen Laden denkt er, die Leergutrücknahmemaschinen. Zwei davon. Die Linke, das weiß er aus Erfahrung, macht immer Zicken. Die liest den Barcode nicht richtig oder sonst was. Jede dritte Flasche oder Dose kommt wieder raus mit „Behälter nicht erkannt". Nun muss man sich nicht denken, dass man das Behältnis einfach nur wiedereinführen muss und dann klappt es. Ich mein, es kann durchaus klappen, muss aber nicht, dann muss man ein anderes Behältnis einführen und hoffen, dass das akzeptiert wird. Wird es akzeptiert, kann man das vorher abgewiesene noch einmal versuchen, meistens wird es jetzt wohlwollend aufgenommen. Meistens zumindest, manchmal aber auch erst nach dem übernächsten Behälter.

Die rechte Maschine macht nicht solche Fisimatenten, hat aber andere Schwierigkeiten. Man kann diese Maschine nämlich nur erreichen, wenn die Eingangstür, welche sich automatisch öffnet, geschlossen ist. Möchte jemand den Laden betreten, kommt man nicht heran. Ist man jedoch an der Maschine und es möchte jemand herein, passiert eine von zwei Möglichkeiten. Erstens die Tür öffnet sich und die an der Maschine sich befindende Person bekommt die Tür in den Rücken gerumst. Sehr unangenehm, wie er aus Erfahrung weiß. Option zwei ist, der Sensor der Tür, anscheinend gibt es einen, erkennt, oh je, da steht wer, und möchte dankenswerter Weise dieser Person die Tür nicht in den Rücken jagen. Die Tür öffnet sich nicht ganz. Nur ist dieser Spalt doch recht eng. Sollte jemand einen Einkaufswagen vom Parkplatz mitgebracht haben, wird er damit nicht durch die Tür kommen. Und man muss nicht glauben, dass man die Tür dann noch weiter öffnen kann, da ist der Sensor hartnäckig auf das Wohlergehen des an der Rücknahmemaschine sich befindenden Menschen bedacht.

Deshalb zieht er eigentlich die linke Maschine vor. Die ist aber leider von einem Jüngelchen besetzt. Eindeutig ein Student, zum ersten Mal weg von Mutti. Ob der schon achtzehn ist. Kann ja durchaus sein, mit dem Abitur nach zwölf Jahren und ohne Wehr- bzw. Zivildienst, dass der erst noch achtzehn wird. Und nun in der großen Stadt, alleine, ohne Mutti. Dafür sprechen auch die relativ neuen Ikea Taschen. Diese riesigen blauen. Davon hat er zwei, prall gefüllt mit Leergut. Das kann dauern an der linken Maschine. Aber man kommt nicht an die Rechte, weil ein stetiger Strom an Menschen, alle acht bis zehn Sekunden in den Laden möchte. Und die Tür schließt sich nicht schnell genug, dass man da mal schnell zwischen könnte. Also warten. Der Student schaut ihn mehrmals doof an. Als wolle er sagen, geh doch zur anderen Maschine. Vielleicht auch, dass es ihm leidtut, dass es so lange dauert, er wird in Zukunft schlauer sein und früher mal schon einzelne Flaschen wegbringen, damit es nicht so lange dauert und andere nicht so lange warten müssen. Hoffentlich das Zweite. Eine Tasche ist ja auch schon leer. Aber da passiert es, der Auffangbehälter ist voll. Und in diesem Moment schließt sich auch grade die Tür. Aber bevor er an die Maschine kann, zwängt sich der Student dazwischen und wirft die erste Flasche ein. Hat wohl doch das Erste gedacht. Aber da erscheint schon eine Angestellte und wechselt den Behälter aus. Er kann an die linke Maschine und die zickt auch nur einmal, während der Student wieder und wieder die Tür ins Kreuz bekommt. Geschieht ihm recht, dummes Arschloch.

Zum Glück gibt es Körbe. Manchmal stapeln die sich bis über zwei Meter an der Kasse. Einmal musste er den Korb oben drauf werfen, weil er nicht mehr ran kam.

Die Obst- und Gemüseabteilung. Links vor ihm eine Mutti mit Kinderwagen, rechts vor ihm eine Frau mit Einkaufswagen, die beide die Auslage präzise nach den besten Stücken absuchen. Natürlich stehen Kinder- und Einkaufswagen so, dass man nicht zwischen den beiden durchgehen kann. Auch das ist ein Dilemma. Was macht man in solch einer Situation. Erstens den Kinderwagen etwas zur Seite schieben. Großer Fehler, fremde Kinderwagen fasst man nicht, nimmer, unter keinen Umständen, an, vor allem als Mann. Da geht sofort die Päderastenwarnleuchte an. Man könnte auch warten, bis eine von beiden ihren Wagen weiterschiebt, weil sie gefunden hat, was sie will. Das eine von beiden merkt, dass sie den Weg blockieren, darauf würde nur der Student von eben hoffen, dass passiert höchsten zweimal im Jahr. Das klingt sehr frauenfeindlich, aber man darf beruhigt sein, bei den meisten Männern ist es genauso. Wobei es durchaus öfter vorkommt, dass Männer die Wagen gar nicht erst in eine Blockiersituation bringen. Klingt wieder frauenfeindlich, ist aber seine Erfahrung. Die dritte Möglichkeit ist, den Einkaufswagen zu verschieben. Auch das ist blöd, weil die Besitzerin dann meist denkt, man will ihre, wohlgemerkt noch nicht bezahlten, Waren stehlen. Auch damit macht man sich nicht beliebt. Es ist aber immer noch die beste Lösung, wenn man nicht alibimäßig sich Auberginen und Zucchini anschauen möchte. Oder man wartet auf den Studenten, der in seiner Unerfahrenheit natürlich den Kinderwagen wegschiebt. Während die Mutter Zeter und Mordio blökt, kann er nun schnell vorbei huschen.

Was braucht er. Toilettenartikel? Nö. Also kann er Gang vier getrost liegen lassen, auch der nächste Gang wird zunächst ignoriert. Auf dieser Seite sind nur Kaffee, und Frühstücksflocken und so Kram. Das was er braucht ist am Ende und da kommt er sowieso wieder dran vorbei. Rechts sind Schokoladen, Lakritz und Gummibärchen. Eigentlich nichts für ihn, außer diese Fruchtgummi Variante Jogurt, eigentlich ja völlig abstrus. Dass man die Vitamine, die da angeblich drin sind in der Pfeife rauchen kann, weiß er natürlich, und dass das immer noch ungesund ist auch. Aber sie schmecken so köstlich, okay, eine Tüte kommt in den Korb. Dann kommt das Fleisch, eigentlich hat er mal Hunger auf ein Rindersteak. Aber nee, zu teuer. Dafür kommen Geflügelsalami und Geflügelmortadella ins Körbchen. Und einmal Puten-Zwiebel-Streichmettwurst. Er wundert sich eigentlich jedes Mal, dass, wenn er Geflügelwurst isst, so einen leichten Schwefelnachgeschmack hat. Woher das wohl kommt. Ekelig. Eigentlich will er kein Schwein mehr essen, tauscht dann aber doch die Geflügelsalami gegen normale aus. Und ein Stück Brie.

Er hat gerade wieder gelesen, dass Lebensmittel Discounter überhaupt nicht billiger sind als normale Supermärkte. Das mag vielleicht sein, das Problem ist doch aber gar nicht der

Preis, sondern die Platzierung. Obwohl er das weiß, würde er in einem normalen Supermarkt, mehr ausgeben, weil er mehr Markenprodukte kaufen würde, die in besserer Lage platziert sind. Auch würde er Sachen in den Korb legen, die er eigentlich gar nicht kaufen wollte, nur, weil sie ihm ins Blickfeld geraten sind und er dadurch einen „Japp" darauf bekommen hätte. All das weiß er, aber er ist auch so schlau sich einzugestehen, dass man, als normaler Mensch, sich dagegen kaum wehren kann. Also lieber den Punk im Discounter ertragen.

Links kann er nun leicht zu den Nudeln, eine Packung und Pesto. Ja, er weiß, dass nur Spuren von Pinienkernen drin sind, dafür hauptsächlich Sonnenblumenkerne, aber wen juckt es. Rechts sind die Milchprodukte. Jogurt ist immer gut. Linksdrehend, rechtsdrehend, gar nicht drehend, alles gut. Ach Mist, jetzt muss er doch in Gang vier. Keine Taschentücher mehr. Zum Glück ist dies die richtige Seite dafür. Und, oha, es gibt endlich wieder die normalen in den kleinen Plastiktüten. Diese Boxen sind zwar gar nicht schlecht, auch wenn das mit dem halb rausziehen des nächsten Tuches nur so bis noch 40% der Tücher da sind funktioniert. Aber zum Mitnehmen ist das doch unpraktisch. Da es nur den dreißiger Pack mit den Tütentaschentüchern gibt, lohnt es sich auch nicht zusätzlich eine Box zu kaufen. Die dreißig Packungen reichen bis zur ersten Erkältung des nächsten Winters. Gut also wieder in den Gang und wieder eine Wagenblockade. Derselbe Kinderwagen, aber ein anderer Einkaufswagen.

Ach er braucht ja noch scharfen Senf. Butter oder Margarine macht er schon lange nicht mehr aufs Brot und da er keine Marmeladen oder andere süße Brotaufstriche isst, wird gerne Senf verwendet und zwar der billige scharfe. Der ist in etwa so scharf wie der normale mittlere Markensenf, dafür halt billiger.

Und, hurra, die Blockade hat sich aufgelöst. Mutti steht bei den abgepackten Broten. Gerade so kann er noch durchschlüpfen bevor ein weiterer Einkaufswagen eine neue Blockadesituation schafft. Eigentlich müsste er jetzt noch in Gang zwei, der vernünftig nur von dieser Seite zu erreichen ist, da auf der anderen Seite die Rückwand der Obstauslage ist. Kurz wägt er ab. Nutzen, durch ein erfrischendes Cola-Orangenlimonade-Misch-Getränk, Gefahr durch eine neue Wagen-Blockade.

Außerdem, wie sieht es denn an der Kasse aus. Gut, zwei Kassen und der Strom der Kunden lässt nicht erkennen, dass eine sobald geschlossen wird. Allerdings sitzt an der vorderen Kasse eine der Trulla, die zu blöd sind, effektiv die Waren einzuscannen. Das muss Zack zügig Zack gehen und nicht so behäbig. Außerdem erkennen, ob der Kunde weiß wie man packt und ihn dabei unterstützen. Wer die hintere Kasse bemannt hat kann man leider nicht sehen, aber schlimmer als die an der linken Kasse ist nur eine hier und die hat er vorhin mit einem Warentransportwägelchen den Weg hinter ihm blockieren sehen, dusselige Ziege.

Jetzt hat er so lange hin und her überlegt, nun ist es auch egal und er legt eine Flasche zuckerreicher Erfrischung in den Korb. Er könnte auch die „Light" Variante nehmen, aber diese „Light"

Produkte sind gefährlich, da sie dem Körper Zuckerzufuhr vorgaukeln. Das einzige, was man von Diätgetränken bekommt ist mehr Hunger.

Ein unerfahrener Einkäufer könnte nun fragen, warum er nicht zuerst in Gang zwei gegangen ist, da ist er doch vorher dran vorbeigekommen und das gewünschte Erfrischungsgetränk ist auch weiter in Richtung Eingang sortiert. Das hat natürlich etwas damit zu tun, wie man die Produkte später auf das Band legt beziehungsweise, in welcher Reihenfolge man die Produkte später in die nicht Jute Tasche sortiert.

Mutti ist jetzt auch vom Brot weg. Hier ist einzige Ort wo er immer etwas länger verweilt. Bei diesen abgepackten Broten muss man aber auch wählerisch sein. Die Frischen sind meist hinten einsortiert, das erkennt man an der Farbe des Clips. Wenn die hinteren eine andere Farbe haben, nimmt man eine Packung von denen. Doch auch das ersetzt den Daumentest nicht. Mit diesem Test kann man schnell herausfinden, ob das Brot genießbar ist, oder nicht. Dieses Mal geht es schnell.

Die Schlange an der rechten Kasse scheint etwas länger zu sein, aber Mutti ist an der Linken, die wird umständlich alles im Kinderwagen verstauen, was mindestens einen Kunden mehr Zeit in Anspruch nimmt, und außerdem ist die Kassiererin rechts besser. Wenn nichts Blödes passiert, wie „Oh, kein Geld mit" oder „Oh, auf dem Konto müsste aber noch genug sein" oder „Wie? Sie nehmen keine Kreditkarte" oder „Hilde, welche Tomaten sind das hier? Keine Ahnung, musst du hingehen und schauen", dürfte er vor Mutti aus dem Laden sein und hätte sie dann nicht als Hindernis, sollte sie, was wahrscheinlich ist, nach rechts abbiegen.

Vor ihm ist allerdings der Student. Mist. Und wie der die Waren aufs Band legt. Bestimmt ein Maschbaustudi oder Arschitekt. Eher Arschitekt vom Aussehen her. Maschbau hat meist immer noch diesen peinlichen, angedeuteten Iro-Haarschnitt. Dieser hier hat einen Bieber-Haarhelm. Gott sieht das bescheuert aus. Außerdem hat er seinen Schal in dieser hippen Weise gebunden, also Schlaufe bilden und durch. Ging nie bei ihm so. Immer schon einen zu muskulösen Hals gehabt. Da reicht die Standartschallänge nicht für aus.

Eier, Schokopudding, zwei Flaschen Cola, Brot, Corn-Flakes. Na Super, wenn es doof läuft machen die Cola Flaschen die Puddingbecher kaputt. Die sind aber auch echt dünn. Naja aus Schaden wird man klug.

Bei ihm: Flasche, Pesto Glas, Brot, Nudeln, Wurst, Käse, Jogurt, Senf. So passt alles und nichts geht kaputt. Jetzt muss nur noch die Kassiererin mitspielen und die Sachen in dieser Reihenfolge abrechnen, was allerdings bei dieser hier zu erwarten ist.

Bubi bezahlt, Mutti ist am Einräumen. Die Trulla an der Kasse zieht immer weiter die Sachen über den Scanner und weiß nach kurzer Zeit nicht mehr wohin damit, wartet aber auch nicht. Mutti kommt nicht nach mit dem einräumen.

Oh nein, Bubi hat seinen Leergut Bon vergessen. Jetzt wird's eng.

Leergut Bon als erstes, geschwind scannet die Kassiererin ein, geschwind wandern die Produkte in die Nicht Jute Tasche. Karte raus, selber ins Gerät gesteckt, selber rausgeholt, und richtig herum hingelegt, dass sie die Unterschrift lesen kann. Nichts darf jetzt dazwischenkommen, sonst hat er Mutti vor der Nase. Alles klappt, nein den Bon will er nicht und raus. Gerade so geklappt. Mutti ist direkt hinter ihm, bleibt stehen und muss irgendwas im Wagen richten. Vor ihr warten zwei Leute, hinter ihr auch. Über die Straße können sie nicht ausweichen, der Verkehr lässt das nicht zu. Alle bleiben gelassen, Kinder sind ja unser höchstes Gut.

Als er um die Ecke biegt, bei dem Glasperlenschmuckladen, der auch schon ein Café war und ein Second-Hand-Laden, hat sie es gerade mal bis zur Parkplatzeinfahrt geschafft. Wieder muss etwas gerichtet werden, diesmal allerdings werden nur die Fahrzeuge blockiert, die vom Parkplatz runter, beziehungsweise auf den Parkplatz rauf wollen. Die übrigen Fußgänger haben genug Raum, um diesem Hindernis auszuweichen.

Knirschend, auf dem liegengebliebenen Schotter, der vor Wochen als Glätteschutz gestreut wurde, und sich nun in den Schuhsolen ablagert und in der Wohnung später verteilen wird, geht er nach Hause. Am Musclecar vorbei. Vorbei am Bioladen, in dem er noch nie war. Vorbei am B.U.N.D. Bureau, wo Lurchi seine Rettung abwartet. Vorbei an den viel zu vollen Tonnen, und dem Briefkasten. Hinauf die Treppe, schnell, schnell. Auf die Tür, zu die Tür. Durchatmen.

Die Angst und die Wut

„Das klingt nicht wie ein normaler Schnupfen. Eher wie eine Allergie."

„Häh? Es wurde schon mal ein Allergietest bei mir gemacht. Ich habe keine Allergien."

„Die können ganz plötzlich auftreten."

Mit dem Antiallergikum in der Jackentasche, verlässt er die Apotheke. Das kann also ganz plötzlich auftreten. Na toll. Wird er also nächste Woche zu seiner Hausärztin gehen und einen Allergietest machen lassen. Und seine Betreuerin hatte ja auch schon angeregt, dass mal ein großes Blutbild gemacht wird. Er kommt jetzt ja langsam in das Alter, in dem man regelmäßig sich durchchecken lassen soll.

Bald kommt da noch Prostata- und Darmkrebsvorsorge dazu. Er seufzt.

Wirst echt langsam alt, denkt er.

Aber stimmt schon. Die erste Hälfte des Lebens ist vorbei. Siebenundsiebzig Jahre beträgt der Durchschnitt. Er ist achtunddreißig, wird neununddreißig. Also genau in der Mitte.

Trotz seiner blonden Haare, kann er auch einen grauen Bereich jeden Morgen im Spiegel sehen. Nicht groß, in etwa so die Ausmaße wie ein altes fünf Mark Stück. Den meisten fällt das gar nicht auf, ihm aber schon.

Und da ist sie wieder, die Wut. Ganz leicht spürt er sie. So ganz leicht im Magen. Als ob sich ein kleiner, klebriger Kern dort befinden würde. Und alle diese Wutpartikel schweben im Magen herum. Aber wenn der klebrige Kern im Magen ist, bleiben sie daran haften. Erst wenige, aber dann immer rasanter, immer mehr. Dann bläht sich der Kern auf. Schneller und schneller. Bis er raus muss. Bis die Wut raus muss.

Und je mehr über Allergien und Krebsvorsorge und Alter nachdenkt, desto schneller wächst die Wut. Die Apotheke ist keine hundert Meter von seiner Wohnung entfernt. Doch als er zu Hause ankommt, ist die Wut schon so groß, dass sie deutlich zu spüren ist. Eigentlich ist Freitag. Eigentlich wollte er heute Abend weggehen. Aber sollte er besser nicht. Na vielleicht doch, mal sehen wie sich die Wut entwickelt. Noch ist ja Zeit.

Früher war ihm das egal. Da ist er freitagabends weggegangen, Wut hin oder her. Das war nicht gut, meist für andere. Natürlich auch für ihn, aber für andere schlimmer. Meistens.

Häufig denkt er an diesen Typen.

Er hatte sich mit einem Freund schon früh abends in einer Kneipe getroffen. Sie hatten geschwatzt über Gott und die Welt, gelacht und getrunken. Stundenlang. Alles war gut. Sein Freund wollte noch in die Stadt und er ging mit.

Aber kaum waren sie da, spürte er schon diesen kleinen Kern im Magen. Und wie schnell er anwuchs. Rasend.

Hatte der Typ eben zu ihm rüber geschaut und dann lachend mit seiner Freundin getuschelt? Hübsche Freundin. Nix besonderes, hübsch halt.

Kurze Zeit später stand er an der Theke und wollte sich noch ein Bier bestellen. Der Lachsack stand neben ihm, bestellte ein Bier und eine Cola. Und fragte ihn dann, ob er wüsste wie spät es sei.

Ohne einen Ton zu sagen griff er sich den Lachsack am Hals, drehte ihn in Richtung Wand, drückte ihn dagegen. Wie leicht das ging.

Die Freundin hinter ihm keifte. Sein Freund legte ihm beruhigend die Hand auf die Schulter. Da stand er Auge in Auge mit dem Lachsack. Und er sah die Angst. Pure Angst. Die Angst hatte den Lachsack gelähmt. Er hatte sich nicht mal ein bisschen gewehrt. Aus Angst. Er spürte den Adamsapfel des Lachsacks. Er schluckte immer wieder.

Die Hand auf der Schulter beruhigte ihn seltsamer Weise. Er nahm einen Schluck aus der Bierflasche.

Die muss ich ja noch bezahlen, dachte er sich.

Er ließ den Lachsack los. Der Lachsack hielt sich den Hals. Die Freundin keifte.

Die Wut war weg. Komplett verschwunden. Der Kern hatte sich aufgelöst.

Warum?

War es die Hand des Freundes, die beruhigend auf der Schulter lag. Mit wenig Druck, einfach nur auf der Schulter lag. Er hatte die Wärme spüren können. Durch die Jacke hindurch.

Oder war es die Angst in den Augen des Lachsacks. Hatte die Wut die Angst aufgesogen wie ein Schwamm? Hatte die Leere in ihm, dieses kalte Vakuum, die Angst angezogen, aus dem Lachsack heraus, in ihn hinein und wirkte die Angst als Antiklebstoff. Hatte die kleinen Wutteilchen vom Kern gelöst, hatte die Wut zerfallen lassen wie ein Kartenhaus?

Er weiß es nicht.

Sein Freund versuchte beruhigend und entschuldigend auf den Lachsack und seine Freundin einzureden. Sie zogen ab. Er bezahlte sein Bier. Da sah er wieder Angst. In den Augen der Bedienung. Diesmal machte sie ihn traurig, nichts Anderes. Warum hat sie Angst? Vor ihm? Warum?

Der Rausschmeißer, der inzwischen eingetroffen war, meinte zu ihm es wäre an der Zeit zu gehen. Er nickte, nahm noch einen Schluck von dem gerade bezahlten Bier und ging. Seltsam ruhig.

Sein Freund ist nie wieder mit ihm in die Stadt gegangen.

Warum hatte sich der Lachsack nicht gewehrt?

Funktionieren so totalitäre Regime? Die Menschen sind gelähmt vor Angst?

Und doch war es richtig von ihm so zu handeln. Wenn er sich gewehrt hätte, wäre es nicht gut für ihn gelaufen. Jetzt würde er tröstenden Sex mit seiner hübschen Freundin haben.

Und er lag da.

Alleine in seinem Bett.

Da war er wieder. Der kleine Kern im Magen. Hoffentlich schläft er schnell ein und hoffentlich ist er morgen Mittag, wenn er aufwachen wird, wieder weg, dachte er.

Zumindest für einen kurzen Moment. Bevor er wiederkehren würde.

Nach dieser Sache ging er nur noch selten aus. Und er ging nach Hause, sobald er den Kern spürte, bevor er wachsen konnte.

Seine Freunde konnten das nicht nachvollziehen, wanden sich von ihm ab. Einige schnell, andere langsamer. Um die, die sich zügig von ihm entfernten, weinte er keine Träne nach. Aber die anderen, die sich noch lange bemüht hatten Kontakt zu halten, die ihn immer wieder eingeladen hatten, immer wieder mit ihm ausgehen wollten. Um die war es schade. Die mochten ihn ja anscheinend wirklich. Aber sie verstanden nicht, dass er nicht wusste wie den Kern im Zaum halten sollte.

Er gab sich ja Mühe, wirklich. Aber besser ging es nicht. Zumindest war ihm kein anderer Weg bekannt.

Also blieb er alleine.

Allergien. Treten also ganz plötzlich auf, denkt er.

Ob die Wut auch eine allergische Reaktion ist? Gibt es dagegen auch ein Antiallergikum?

Ein Medikament, das den Kern gar nicht erst entstehen lässt.

Vor Jahren stand er am Nordseestrand. Sie schmiegte sich an ihn und sie betrachteten den Sonnenuntergang. Still. Alles war perfekt. Für kurze Zeit stand die Welt still, drehte sich nicht weiter und alles war klar. Alle Fragen waren beantwortet, alle Sorgen nichtig, es gab keinen Kern im Magen.

Aber dann drehte sie sich doch weiter, die Welt. Und dieser Moment verging. Ging verloren. Rann wie Wasser durch die Hände. Und je stärker er versuchte es aufzuhalten, desto weniger blieb.

Aus dem winzigen Rest bildete sich der klebrige Kern, an dem die Wutpartikel haften bleiben.

Wird jemals wieder etwas Anderes daran haften bleiben?

Die Hoffnung stirbt zuletzt.

Vampire sind auch nur Menschen

Ich schlenderte auf einer Demonstration umher. Eine Demonstration für Flüchtlinge. Gute, brave Menschen überall. Eingezäunt von Prügelbütteln. Unbemerkt eingezäunt wohlgemerkt. Ich schlenderte hier hin, ich schlenderte dort hin.

Plötzlich blieb um mich herum die Zeit stehen. Einfach so. Nicht nur die Zeit, auch der Raum schien still zu stehen. Der Wind, der einen vorher sanft umwehte, stand nun da wie eine Wand.

Wehende Haare standen von den Köpfen der, meist, Frauen oder Mädchen ab, wie fixiert mit abertausend Dosen Haarspray.

Und da sah ich ihn.

Ein Mann bewegte sich, wie ich, durch die festgefrorene Menge. Anscheinend zielstrebig ging er auf einen der Flüchtlinge zu.

Mich schien er nicht zu bemerken. Ich befand mich in seinem Rücken.

Der Flüchtling hatte vorher eine Rede gehalten, in kaum zu verstehendem deutsch. Irgendwas von Folter und Tod und all so was. Ich hatte nicht hingehört, war eh kaum zu verstehen und bestimmt auch nicht anders, als die anderen Reden an diesem Abend.

Der Mann stand jetzt direkt vor dem Flüchtling, ganz nah, und machte irgendwas. Ich konnte nicht sehen was. Langsam und vorsichtig bewegte ich mich etwas zur Seite, um zu erhaschen, was dort vor sich ging.

Da ich immer noch nichts sehen konnte, bewegte ich mich immer weiter und irgendwann aus dem toten Winkel des Mannes heraus.

Endlich konnte ich sehen.

Den Flüchtling gab es nicht mehr. Der war zerronnen zu einer Pfütze, die auf dem Asphalt waberte; wie Quecksilber nur in tausend Farben.

Und diese Masse floss langsam auf den Mann hinzu, an ihm hinauf und durch seine Nase, in ihn hinein.

Da ich mich immer weiter um den Mann herumbewegt hatte, bemerkte mich dieser. Die Augen größer werdend, starrte er mich an, zuerst erschrocken, dann ängstlich, dann freudig.

Solange diese Masse in ihn hineinkroch, schien er sich nicht bewegen zu können. Doch als der letzte Tropfen durch die Nase geschlüpft war, eilte er auf mich zu.

Die Zeit lief weiter. Der Wind wehte, die Haare flogen, die Prügelbüttel prügelten.

„Was bist du", fragte mich der Mann. „Bist du wie ich?"

„Das weiß ich nicht", antwortete ich. „Ich habe das zum ersten Mal gesehen. Du hast den Flüchtling aufgesogen. Und wie hast du, dass mit der Zeit gemacht?"

„Du musst nicht essen?", fragte der Mann.

„Ist es das, was du da gemacht hast? Dich ernähren? Von Menschen?"

„Ja, so mache ich es schon lange. Jeden Tag einen. Und je interessanter das Leben des Menschen, umso schmackhafter."

Ich betrachtete den Mann genauer. Die rabenschwarzen Haare waren kurz geschoren und er war glattrasiert. Klein war er, noch kleiner als ich. Und doch von einer Zähigkeit, die man selten sieht. Drahtig und kraftvoll, aber doch filigran und sanft.

Dunkle Augen, wie ein Abyssus, die mich nun freudig anstrahlten.

„Und was heißt lange?"

„Schon sehr lange. Schon seit den Römern und seit den Griechen. Sogar die Sumerer habe ich gesehen. Schönes Volk."

„Ich glaub dir kein Wort."

„Ich kann die Zeit stillstehen lassen und du glaubst mir nicht?"

„Mich konntest du nicht stillstehen lassen."

„Stimmt. Das habe ich noch nie gesehen. Weißt du was du bist? Bist du wie ich?"

„Wie ich schon sagte, das weiß ich nicht. Ich habe so etwas auch noch nie gesehen. Und jemanden wie dich auch nicht."

„Ich bin froh dich getroffen zu haben. Endlich kann ich mich jemandem zeigen, wie ich bin; was ich bin. Magst du mit mir wandern und wenn auch nur ein bisschen? Seit Jahrtausenden bin ich allein und hab mir schon so oft Gesellschaft gewünscht."

Ich willigte ein und so wanderten wir um die Welt. Wir wanderten hier hin und dort hin. Ohne Eile, einfach einen Schritt vor den anderen. Für uns nur ein paar Tage, für die Menschen Dekaden.

Und die Welt, sie blieb so wie immer, Krieg hier, Krieg da, Religiöse Fanatiker hier, Epidemien da. Demokratie, Diktatur, Tyrannei, Revolution, Demokratie. Immer wieder der Kreislauf solange Geld und Gier hier herrschen.

Jedes Mal, mit jeder Demokratie, die Hoffnung es wird besser, doch es wird nie besser. Sie wird immer verraten, von innen. Von Bewahrern, konservieren wollen sie, sagen sie, erdrosseln sie aber, langsam, wie die Hummer im zuerst kalten Wasser, bis es zu spät ist.

Und wir beide wandern. Und jeden Tag ernährt sich mein Gefährte. Jeden Tag ein Mensch.

Ich fragte ihn wie er sie auswählt.

Er meinte, zuerst habe er einfach immer den erst Besten genommen. Als er merkte, dass sie unterschiedlich schmeckten, immer den berühmtesten.

Aber er bemerkte auch, dass dadurch, nicht immer, aber meist, die Welt auch ärmer wurde, da zu diesen Zeiten die weisesten Männer und Frauen die berühmtesten waren.

Mit der Zeit gewann er Geschmack an geschundenen Menschen. Menschen die viel erlitten hatten. So konnte er sich einreden, er störe den Lauf der Menschheit nicht mehr und erlöse die Gequälten auch noch.

„Habe ich dir schon von den punischen Kriegen erzählt?"

„Schon drei Mal."

„Oh, wirklich? Was würde dich denn interessieren?"

„Weißt du, jetzt wo du mich so fragst, eigentlich nichts mehr. Zumindest nichts mehr, was du mir erzählen könntest."

Ich ließ die Zeit stillstehen, und den Raum, und die Materie und alles.

Auch mein Gefährte stand still. Nur seine Augen wanderten mit mir mit. Und ich konnte seine Gedanken hören.

„Du sagtest, du wüsstest nicht, was du bist!", dachte er.

Während ich ihn langsam und genüsslich zerteilte, um ihn für mein Mahl vorzubereiten, hielt ich kurz inne.

„Ich habe gelogen!", gab ich ihm noch mit auf dem Weg, bevor sein letzter Funken erlosch.

Ich bin Pandora

Ich las gerade etwas über das innere Kind. Eine Frau berichtete wie es ist ganz das innere Kind den Weg bestimmen zu lassen. Wie froh und glücklich sie ist.

Dabei kommt mir ein Bild in den Kopf.

Licht strömt aus allen Köperöffnungen. Mund, Nase, Ohren.

Warmes, helles Licht.

Vielleicht auch dies was Aura genannt wird.

Gerne wäre ich so.

Doch davon zu lesen bereitet mir Übelkeit und Schmerzen.

Bei mir?

Nein!

Kein Licht, kein angenehm warmes Leuchten, keine Präsenz von Gott oder Liebe.

Bei mir?

Ich verschließe alles. Fest.

Nichts darf sich lockern.

Sollte sich jemals ein Spalt öffnen, wird kein Licht ausströmen.

Nichts Warmes, keine Liebe.

Eine dunkle, kalte Schwärze, alles aufsaugend, alles erstickend, alles annihilierend.

Es nährt sich von Licht, wird von Liebe angezogen, will wachsen, unendlich.

Alles überschwemmend mit Schwärze und Kälte.

Auslöschen.

Tilgen.

Öffne mich niemals.

Ich bin Pandora.

Ich bin die Büchse.

Alle Hoffnung fährt.

Tränen in New York

Er saß auf seinem Bett. Er heulte buchstäblich Rotz und Wasser. Besagter Rotz rann in Strömen aus seiner Nase und wurde von seinem Bart aufgefangen. Er versuchte den Rotz wegzuwischen, verschmierte ihn aber mehr. Wohin nun mit dem Schnodder an der Hand? Ein Königreich für ein Taschentuch. Er nahm sich ein T-Shirt vom Boden und wischte seine Hand ab. Dann versuchte er mit dem Shirt den Bart zu reinigen und schließlich schnaubte er einmal kräftig hinein.

Hatte er sich jetzt etwas beruhigt? Nein, er spürte schon wie der nächste Weinkrampf sich näherte. Er musste sich nicht anschleichen, wie eine Raubkatze, immer vorsichtig von Deckung zu Deckung huschend, ja darauf bedacht erst dann bemerkt zu werden, wenn es zu spät war.

Nein dieser Weinkrampf rollte heran wie ein Tsunami. Man wusste, dass er bald das Ufer erreichen würde und man konnte nichts dagegen machen. Man sah ihn kommen und wenn man sich nicht schon längst in Sicherheit gebracht hatte, war es nun zu spät. Er wurde über einen hinweg rollen ohne Rücksicht auf Verluste. Nichts würde ihn aufhalten können.

Gestern und vorgestern im Linienbus, da gab es so was wie Vorboten. Vielleicht die ersten Wellen, die schon leise davon berichteten, dass sich etwas nähern würde. Er saß da, mitten unter den Menschen, kam gerade vom Praktikum, dass er für zwei Wochen machen sollte und wollte.

Seine Gedanken hingen dem Tag nach und die Musik, die leise, er wollte die Menschen um ihn herum nicht damit belästigen, in sein Ohr drang, führte ihn tiefer in seine Gedankenwelt. Wenn man ihn in diesem Moment an gestupst und gefragt hätte, welcher Song gerade laufen würde, hätte er es nicht sagen können, ohne auf die nächsten Noten oder Textzeilen explizit achten zu müssen.

Da kamen die ersten Vorboten. Seine Augen wurden feucht. Füllten sich mit Tränenflüssigkeit. Er versuchte es zu unterdrücken.

Als er zum ersten Mal in New York war hatte er in der U-Bahn einen riesigen farbigen Mann gesehen, der hemmungslos weinte. Das war noch das Pre-Giuliani-New York. Das dreckige, gefährliche New York, in dem man, wenn es dunkel wurde, sich nur in ein paar wenige Bereich wagen konnte, zumindest als Tourist. Und er war gerade von seiner Gruppe getrennt worden. Reagierte zu spät und kam nicht mehr aus dem Wagon, bevor sich die Türen schlossen. Handys gab es damals zwar schon, aber der Akku dafür war in etwa so groß wie eine Autobatterie und ein richtiger Telefonhörer war auf dieser befestigt.

Jedenfalls zeigt der Leiter der Gruppe noch an, dass er eine Station weiterfahren und dort in den entgegenkommenden Zug einsteigen sollte, bevor die Station aus dem Sichtfeld verschwand.

So war der Plan. Er saß nun also in dem Wagon, in dem gefährlichen New York und es schien, als ob alle „Weißen" an der letzten Station ausgestiegen waren. Er empfand eine gewisse Angst.

Natürlich schämte er sich wegen dieser Angst. Nicht, weil Angst zu haben peinlich ist, nein. Weil er wusste, dass diese Angst aus Rassismus geboren worden war. Dort, neben ihm und ihm gegenüber, saßen Menschen die anders waren. Sie waren hauptsächlich Dunkelhäutig, auch ein paar asiatisch aussehende waren darunter, aber hauptsächlich Menschen, deren Vorfahren aus Afrika verschleppt worden waren, um in der neuen Welt als Sklaven zu dienen und nun O´Neal oder McGrady hießen, so wie ihre Sklavenhalter.

Und es gab keine Menschen in Buisness-Suits mehr. Klar waren die an der letzten Station ausgestiegen. Dort ging es ins Bankenviertel. Nein die Menschen hier waren meist eher schäbig gekleidet. Nicht schmutzig, zumindest meist, aber verschlissen und der Mode von vor sechs oder sieben Jahren entsprechend. Und ihm war sicher überdeutlich anzusehen, dass er Tourist war. Deutlicher wäre es nur noch gewesen, wenn ihm jemand das Wort „Tourist" über Nacht auf die Stirn tätowiert hätte.

Angst aus Rassismus. Etwas ganz neues für ihn.

Der weinende Farbige ihm schräg gegenüber war sicher einen Meter fünfundneunzig groß. Vielleicht fünfundvierzig Jahre alt und gekleidet in eine dunkelgrüne Cordhose und eine Jacke, die früher vielleicht einmal Himmelblau gewesen war. Er trug eine alte Brille und eine schmutzige Mütze auf dem Kopf, unter der kleine, weiße Locken hervorlugten. Rasiert hatte er sich sicher seit mehreren Tagen nicht mehr und auch die Bartstoppeln waren größtenteils schneeweiß. Mit der richtigen Kleidung hätte er sicher hervorragend einen farbigen Weihnachtsmann abgegeben. Natürlich nur in besserer Stimmung.

Dieser Mann weinte und schluchzte vor sich hin. Nicht wie er, von Weinkrämpfen geschüttelt, nein, stätig, ohne Schwankungen, weinte er. In regelmäßigen Abständen nahm er seine Brille ab, wischte mit seinen Handrücken die Tränen weg und setzte sie wieder auf. Um den Rotz kümmerte er sich nicht. Und alle um sie herum schauten weg. Sie schauten überall hin, nur nicht in die Richtung des weinenden Mannes. Genauso wie er. Bloß nicht hinsehen. Weil, wenn man hinsah, musste man auch hingehen und den weinenden Mann fragen, ob alles okay sei, was es natürlich nicht war, sonst würde er ja nicht weinen. Und man hatte zum einen zu viel zu tun. Man musste zur Arbeit und war in den letzten drei Monaten schon zweimal zu spät gekommen und konnte nicht riskieren seinen Job zu verlieren. Oder man kam gerade von der Arbeit und war zu kaputt, um sich um jemand anderes, als sich selbst zu kümmern. Oder vielleicht war der Mann auch verrückt und wenn man ihn anspricht, wandelte sich seine Trauer in Wut und er stürzt sich auf einen, mit einem Messer oder er zieht einen Revolver und schießt, ohne einen Ton zu sagen. Pre-Giuliani.

Also schauen alle weg, tun so, als ob sie den weinenden Mann gar nicht bemerkt hätten. Halten ihn aber im Augenwinkel, so dass sie reagieren könnten, falls sich seine Trauer in besagte Wut wandelt.

Und so weinte er vor sich hin. Nicht still, aber einsam, und verbreitet Angst und Schrecken.

Endlich kam die nächste Haltestelle und er konnte endlich aus dem Wagon. Viele stiegen aus. Der weinende Mann nicht. Wie viele wohl nur unauffällig den Wagon wechselten?

An all das dachte er, als er in dem Bus saß und ihm die Tränen in die Augen stiegen. Hatte schon jemand bemerkt, wie feucht seine Augen waren. Schnell gähnte er. Wenn man gähnt bekommt man auch feuchte Augen, denkt er sich. Falls jemand die Augen bemerkt haben sollte, bekommt er nun einen Grund dafür.

Nur nicht wirklich weinen. Bekämpfe es. Schluck es runter.

Und er schaffte es. Einmal verschwamm sein Blick sogar, so viel Flüssigkeit hatte sich im Auge gebildet. Schnell gähnen.

Endlich erreichte er seine Haltestelle. Viel zu früh war er aufgestanden, um zum Ausgang zu gehen. Auch um aus den Blicken der Leute, die um ihn herumgesessen haben, zu kommen. Die Türen öffneten sich und die kalte, klare Luft schlug ihm entgegen. Er musste die Augen schließen. Die Luft war in Verbindung mit der Tränenflüssigkeit unangenehm.

Nun war es 08:50 Uhr am Morgen. Sein Wecker hatte um 06:30 Uhr geklingelt. Er hatte ihn nicht bemerkt. Wobei das unmöglich war. Der Wecker gab ein sehr penetrantes Geräusch von sich. Das überhörte man nicht einfach. Er hatte ihn wohl im Halbschlaf ausgestellt und war sofort wieder eingeschlafen. Um 08:13 war sein Bus gefahren, den er nehmen musste, damit er pünktlich bei seinem Praktikum sein würde. In zehn Minuten war Arbeitsbeginn. Selbst mit dem Auto wäre er viel zu spät.

Wieder eine Möglichkeit, vielleicht die letzte, um ins normale, geregelte Leben zurückzukehren, vertan. Nicht einmal drei Tage am Stück konnte er sich einfügen in den Rhythmus der Gesellschaft. Schaffe, schaffe, Häusle baue.

Er hätte heute bei seiner Stelle etwas machen müssen, was ihm absolut zuwider war. Er hätte Menschen anrufen müssen, die eigentlich nicht mit ihm sprechen wollten. Er hätte ihnen etwas abringen müssen, von dem sie bisher nicht wussten, dass sie das gut finden würden.

Wie er selber solche Anrufe hasste. Klar er konnte sich einreden, dass das etwas Anderes war. Er wollte ihnen nichts verkaufen, zumindest nichts, von dem sie noch nie gehört hatten, wie Aktienpakete von seltsamen Startup Firmen oder Beteiligungen an Goldminen in Liberia. Er sollte etwas präsentieren, was sie sowieso in Zukunft bräuchten. Er sollte damit zu ihnen fahren, in ihre gewohnte Umgebung, kostenfrei und ihnen zeigen, dass, wenn sie sowieso solch ein Gerät anschaffen würde, dieses das Beste wäre.

Aber er hasste das. Bei jemandem anzurufen, den er nicht kannte. Er rief schon nicht gerne bei Leuten an, die er kannte und von denen er nichts wollte.

Anrufen war für ihn ein Graus. Ein Anruf war wie eine Harpune. Eine Harpune bohrt sich ins Fleisch und mit ihren Widerhaken bekam man sie auch nicht so einfach wieder heraus. War sie erst einmal da, musste man sich damit auseinandersetzen, musste man Zeit und Energie und Schmerz aufwenden, um diesen Stachel zu entfernen.

Ein Anruf, insbesondere ein unerwünschter, war genauso. Er riss einen aus seinem Trott, aus seiner Routine, aus dem was man gerade tat. Wichtig oder unwichtig. Das wusste der Anruf nicht, und es war ihm auch egal. Das einzige, was ein Anruf wollte war sich in ein Ziel zu bohren. Ins Leben des Angerufenen.

Natürlich könnte der Angerufene für sich entscheiden den Anruf zu ignorieren. Der Harpune auszuweichen, sich weg zu ducken. Nichtsdestotrotz wäre sie existent. Der Angerufene muss reagieren, weil der Anrufer agiert hat.

Und er will nicht agieren. Nicht unerwünscht.

Nur wird ihm diese Weigerung den Weg zurück in die Gesellschaft verbauen. Dieses Anrufen wäre der Preis zurück in die Gemeinschaft. Der Weg zurück in die Selbstbestimmung. Er hätte dann die Ressourcen das zu machen, was er möchte. In seiner Freizeit. All die Dinge, die ihm jetzt verwehrt bleiben, stünden ihm offen. Und er wäre keine Rechenschaft mehr schuldig. Der Gesellschaft gegenüber, die ihn jetzt am Leben hält. Ihm ein Dach über dem Kopf bezahlt. Den Arzt bezahlt, wenn er krank ist.

Diese Anrufe wären der Preis für das alles.

Und eigentlich kann doch dieser Preis nicht zu hoch sein, oder?

Millionen von Menschen zahlen ihn. Und er ist sich zu fein dafür? Hält sich wohl für was Besseres.

Er hasste sich dafür. Er war nichts Besseres. Er empfand sich als Belastung. Er empfand sich als wertlos. Er empfand sich als nutzlos.

War es nicht besser diese Bürde zu entfernen, raus zu schneiden wie ein Krebsgeschwür?

Er war ein Hindernis, eine Hürde, unnützer Ballast auf dem Weg in die Zukunft.

All das war so klar in diesem Moment, auf dem Bett sitzend, Rotz im Bart, Tränen in Augen.

Was hält mich noch, dachte er.

Angst vor Schmerzen.

Panik, selbst das nicht richtig zu machen.

Feigheit, gerettet zu werden und sich erklären zu müssen. Noch.

Lohn für Arbeit? Wie 1980 bist du denn?

Heute war der letzte Tag, der letzte Tag des Praktikums. Heute entscheidet es sich. Heute kann sein langer Weg zurück in die Gesellschaft zu Ende sein. Sechs Jahre hat er gedauert und ist gepflastert mit Enttäuschungen, Demütigungen und Ängsten. Sechs lange Jahre in denen er im tief hinabglitt in den Abgrund, in den wir unsere Ausgestoßenen verbannen.

Dieses graue, neblige Nichts, das sich auftut, wenn man nicht mehr an der Gesellschaft teilhaben kann. Man Einladungen zu Konzerten, Urlaub oder ein Bier in einer Kneipe ablehnen muss, einfach aus einem einzigen Grund; zu teuer.

Kommt diese Einladung am Anfang des Monats, kann es sein, dass man tatsächlich mal zusagt, aber in diesem Moment schon weiß, dass das ein harter Monat wird. Der Rest des Monats muss dann komplett durchgeplant sein. Lieber gleich am nächsten Tag damit anfangen. Was hat der Abend gekostet? Okay, auf jeden Fall schon mal klare Brühe und Reis kaufen.

Und nur eine Scheibe Wurst pro Scheibe Brot. Keine Butter, keine Margarine, kein Senf. Vier Scheiben pro Tag. Samstags und sonntags Nudeln. Reicht ein Glas Pesto für den Monat? Nicht ganz. Zwei Gläser sind zu teuer, einmal muss es Nudeln mit Soja-Soße sein.

Und Tee. Er hasst Tee, aber immer noch besser als reines Leitungswasser. Kochen und kalt werden lassen.

Keine Blumen in der Wohnung.

Reicht das Toilettenpapier, reicht die Zahnpasta, reicht das Waschpulver, wie viel Kaffee?

Alles muss geplant sein. Zu Anfang des Monats. Zum Ende kann nichts mehr nachgekauft werden.

Und alles nur, weil man einmal nicht Nein sagen wollte. Einmal raus wollte, unter Menschen. Einmal normal sein. Zumindest für einen Abend. Einmal, nur für einen Abend, teilhaben.

Glückliche, sorgenfrei Menschen um sich zu haben hat eine komische Wirkung. In den Momenten, in denen man unter ihnen ist fühlt man sich gut. Ist man dann zu Hause, fühlt man den Abstand umso stärker.

Man weiß, dass sie dieses Gefühl nur unterbewusst wahrnehmen. Sie können sich diese Stimmung jederzeit holen. Sie müssen nur aus dem Haus gehen.

Man selber wird dieses Gefühl erst wieder in ein paar Monaten haben. Wenn man diesen schrecklich harten Monat nicht vergessen, aber verdrängt hat. Man hat ihn überlebt und will nicht mehr daran denken.

Heute kann sich das alles ändern. Die Bedingungen sind ausgehandelt. 26400 Euro Jahresgehalt. Da bleiben 17000 Euro nach Steuern und Sozialabgaben. Das ist mehr als doppelt so viel wie bisher.

Was man sich davon alles leisten könnte.

Und keine Sorgen mehr, weil die Waschmaschine komische Geräusche macht. Wenn sie kaputtgeht, geht sie eben kaputt.

Und vielleicht ein kleines Auto. Nichts großartiges, ein Kleinstwagen.

Und Kino und neue Musik und Bücher, ja Bücher. Viele Bücher.

Und neue Klamotten. Am liebsten alles weg, alles neu. Zumindest alles weg, was ein Loch hat.

Und vielleicht ein Zahnimplantat, da wo seit 3 Jahren eine Lücke ist.

Und vielleicht ein neues Bett. Das Wasserbett, das er sich vor 15 Jahren angeschafft hatte, ist schon seit 7 Jahren kaputt. Da liegt seit dieser Zeit eine billige, durchgelegene Schaumstoffmatraze drin. Vielleicht lassen dann auch seine Rückenprobleme nach.

Und die Wohnung müsste renoviert werden. Zumindest das Schlafzimmer. Und der Flur. Und das Bad. Und die Küche. Wirklich notwendig nach 11 Jahren, die er nun schon hier wohnt.

Und vielleicht ein Fahrrad. Nichts Besonderes. Einfaches Fahrrad. Ist ja nicht so, dass er auf einmal anfangen würde Fahrradtouren zu unternehmen. Aber einfach mal zu seinem Kumpel Steffen fahren. Der wohnt ca. 2 km weg. Das ist schon nervig da hinzulatschen. Oder Thomas und Steffi, das sind vielleicht 4 km. Zu Fuß nicht zu machen und die Busse nerven, besonders abends.

Und vielleicht noch was sparen. Für einen Urlaub. Der letzte Urlaub ist 14 Jahre her. Noch im letzten Jahrtausend.

Darian war damals ein kleines zwei jähriges Kleinkind. Fast noch ein Baby. Jetzt ist sie ein Teenager, geht zur Highschool, wird bald ihren Abschluss machen und zum College gehen. Er hat alles verpasst. Die ganze Kindheit. Sie kennt ihn gar nicht. Ob sie vielleicht mal gefragt hat, wer das denn ist, wenn sie ihn auf einem Foto entdeckt hat? Und was haben sie ihr geantwortet.

Als er vor 17 Jahren da war, auf der Hochzeit von Chris und Kristy, da hat John ihn in seiner Rede als seinen Sohn bezeichnet. Na okay nicht ganz. John und Betty haben drei Töchter, Mickey, Kristy und Wendy. Und in seiner Rede meinte John, dass er sich freue, mit Chris, einen weiteren Sohn in der Familie willkommen heißen kann. Die Köpfe der Töchter schnellten gleichzeitig in seine Richtung. Aber lächelnd. Und Mickey meinte mit einem Grinsen, „Aha, ein weiterer Sohn also".

Das war einer der schönsten Momente in seinem Leben. Diese Familie hatte ihn aufgenommen. Und zwar alle. Ihn akzeptiert.

Aber 14 Jahre sind eine lange Zeit. Der Kontakt wurde immer weniger. Zu Wendys Hochzeit konnte er schon nicht mehr kommen. Kein Geld.

Ein bisschen nervig werden sicher, die Fahrten zur und von der Arbeit. Fünfundvierzig Minuten hin und zurück. Aber egal. Die Busverbindung ist gut. Nur wenn er mal länger bleiben muss, dann kann er dreißig Minuten warten zwischen zwei Bussen.

Auf der Hinfahrt meldet sich sein Magen. Zu viel Kaffee? Schlafen konnte er kaum in der Nacht. War mehrmals wach. Gegen fünf ist dann aufgestanden und hat sich eine Kanne Kaffee gekocht. Schlafen konnte er sowieso nicht mehr.

Zeitung lesen im Internet.

Angeblich ist Internet ja seit drei Jahren im Grundbedarf mit einberechnet. Mit 2,19 Euro im Monat. Er sucht seitdem immer wieder, welcher Provider das denn ist, kann ihn aber einfach nicht finden. Er würde ja gerne dorthin wechseln. 2,19 Euro! Unschlagbar!

Zeitung lesen im Internet ist ja ein Problem. Die Zeitungsverlage bekommen dann kein Geld von ihm für ihr Produkt. Die TAZ zum Beispiel nervt ihn ständig mit einem Banner über dem Artikel, er solle doch für den Artikel bezahlen, oder gleich ein Abo abschließen. Andere internationale Zeitungen wie die Times halten das genauso. Und meine regionale Tageszeitung erlaubt ihm 10 Artikel frei anzuschauen, bevor er bezahlen soll.

Er ist da hin und her gerissen. Zum einen müssen die Journalisten ja auch bezahlt werden, und das werden sie im Moment eher schlecht, als recht. Zum anderen sind dieses Inhalte seit Jahrzehnten umsonst im Internet zu haben und nun auf einmal dafür bezahlen zu sollen ist auch recht seltsam. Zumal die Qualität schon lange nicht mehr stimmt. Die Umsätze gehen zurück, deswegen werden Journalisten entlassen und Resorts zusammengelegt, weswegen die Qualität leidet, weswegen die Umsätze weiter sinken, weswegen noch mehr Journalisten entlassen werden, weswegen noch mehr Resorts zusammengelegt werden, weswegen die Qualität noch mehr leidet, weswegen die Umsätze noch stärker als zuvor sinken, weswegen...

Jedenfalls hat er, nachdem er endlich zum Bus konnte, schon eine ganze Kanne Kaffee im Magen.

Ob dieses komische Gefühl im Magen nun daher stammt, oder es die Aufregung ist, kann er nicht sagen. Wahrscheinlich beides.

Er hat sich extra für diesen Tag neue Musik auf den MP3-Player geladen. Einen Bereich für die Hinfahrt mit positiver Musik, zwei Bereiche für die Rückfahrt. Einmal Positiv, einmal Negativ-Aggressiv.

Wenigstens ist nicht mehr so kalt. Wird auch Zeit. Nach zwei Jahren Erstattung muss er dieses Mal einen heftigen Betrag nachzahlen. Er hat fast doppelt so viel Gas für die Heizung verbraucht, wie im letzten Jahr. Das Geld für Strom ist ja im

Grundbetrag mit drin. Und genau wie beim Internetprovider versucht er auch hier schon seit Jahren den Anbieter zu finden, bei dem er Strom für neunzehn Euro im Monat bekommen kann. Auch den kann er nirgendwo finden. Sein Stromverbrauch ist nun im fünften Jahr in Folge gesunken, trotzdem reichen die Vorauszahlungen nie.

Das Witzige war auch in den letzten beiden Jahren musste er mehr Geld an das Jobcenter, die ARGE oder wie das Amt nun heißen mag, erstatten, als er von den Stadtwerken zurückbekommen hatte. Weil die Heizung erstattet wird und Strom ja nur neunzehn Euro kostet.

Das mit dem Umbenennen ist auch was. Man hat also ein schlechtes Image, egal ob Behörde oder Unternehmen. Da ist es natürlich wesentlich einfacher sich umzubenennen, als zu analysieren, warum man denn ein schlechtes Image hat und das dann abzustellen. Wenn man sich umbenennt gibt es genug, die das nicht mitbekommen und jetzt Twix anstatt Raider kaufen.

Hey, da hinten im Bus, ist das nicht der Bubi aus dem Penny? Er ist sich nicht sicher. Doch das könnte er schon sein. Wenn jetzt hier eine Supermarktkasse wäre, auf die das Jüngelchen seine Waren legt, könnte er sicher sein. Doch das ist er. Hat natürlich einen dieser riesigen Kopfhörer auf der Bonje. Er selber hat nur die Knöpfe in den Ohrgängen. Die sind zwar nicht besonders komfortabel und klingen auch nicht besonders gut, aber er sieht nicht ein, sechs Mal so viel für Kopfhörer auszugeben, als für das Abspielgerät, das sowieso keinen besonders guten Klang liefert.

Wie sich wohl dieser riesige Bügel des Kopfhörers auf den peinlichen Iro des Studis auswirkt?

Wenigstens lag er richtig mit seiner Annahme, dass das ein Studi ist. Er steigt an der Haltestelle für die FH aus.

Drei Haltestellen später ist seine Endstation. Von dort aus sind es nur drei Minuten Fußmarsch zur Arbeitsstelle.

Dort ist aber noch niemand. Ist ja auch noch dreißig Minuten Zeit. Also erstmal eine rauchen. Theoretisch könnte er sogar zwei Busse später nehmen. Dann würde er genau pünktlich kommen, wenn alles glatt läuft.

In den ersten Tagen hat er zumindest einen Bus später genommen, aber weil er dann trotzdem zweimal zu spät gekommen ist, nimmt er nun eben diesen.

Und so langsam erkennt er ein paar Mitfahrer auch wieder. Aber meist sind komplett neue Leute im Bus. Und er wäre durchaus auch froh darüber sie nie wieder zu sehen.

Wie die ältere Dame mit ihrem Fuchspelz. Er würde sie auf vielleicht 65 Jahre tippen. Extrem stark geschminkt, alte Oma Haarschnitt, aber rot gefärbt. Und mit rot, ist ROT gemeint. Alles in allem eine Person, die versucht sich wie die oberen Zehntausend zu kleiden, aber man natürlich weiß, dass sie das nur vorgibt. Oder ist ihr Bentley vielleicht zur Inspektion?

Beweggründe aus umwelttechnischer Sicht würde er auch ausschließen. Warum? Hallo? Pelz? Selbst wenn der nicht echt sein sollte, nein, ein Pelzzurschausteller schert sich nur um die Umwelt, wenn es opportun ist.

Was aber ganz und gar nicht zu diesem Äußeren passen will, ist der penetrante Pisse Geruch, der von ihr ausgeht. Und mit penetrant meint er, dass die Menschen um diese Frau herum versuchen so wenig einzuatmen, wie möglich. Einige haben sogar schon eine bedenkliche lila Gesichtsfarbe.

Als der Pissepelz endlich aussteigt hört man recht deutlich wie der Rest des vorderen Busses nach Luft schnappt.

Und das um acht Uhr morgens. Das kann einem schon den Tag versauen, allerdings hat man so auch Gesprächsstoff für die Frühstücks-, Mittags- oder Kaffeepause.

Er steht nun also vor dem Laden. Die Zigarette ist schon längst aufgeraucht. Soll er noch eine rauchen? Er hat sich nur fünf vorgedreht, dann hätte er keine für die Heimfahrt. Nein lieber nicht. Es kommt bestimmt gleich wer, der aufschließen kann.

Kurz darauf kommt Sven um die Ecke. Der ist auch neu. Hat zum Ersten angefangen. Aber ohne Praktikum vorher. Der hat Berufserfahrung. Und ist wirklich gut. Auch wenn er ziemlich dumm ist. Erst gestern hat er die dümmsten Argumente, warum die Griechen an der Misere selber schuld sind, von sich gegeben. Und das in einer Inbrunst, das nur gefehlt hätte, dass Sabber ihm aus dem Mund laufen würde. Außerdem ist er einer dieser Menschen, die immer über alles und jeden meckern und herziehen, allerdings nur wenn die Person nicht im Raum ist. Wenn es darum gehen würde die Person zu konfrontieren, wird auf heile Welt gemacht.

Dumm und feige. Genau das, was in unserer Arbeitswelt gesucht wird. Und Berufserfahrung. Der hat einfach alles.

Und einen Schlüssel hat er auch.

Jetzt könnte er einen Kaffee gebrauchen. Trotz der Kanne, die er schon intus hat.

Aber dies scheint der einzige IT-Laden zu sein, in dem kein Kaffee getrunken wird. Eigentlich ist Kaffee der Kraftstoff des Administrators. Sven trinkt dafür pro Arbeitstag vier bis fünf Halbliterdosen eines Energydrinks. Der Chef trinkt Leitungswasser. Es gibt zwar so einen Kaffeevollautomaten in den man diese seltsamen Kapseln einlegt, aber der Kaffee daraus schmeckt ihm nicht. Kaffee sollte vernünftig aufgebrüht sein und nicht durchgepresst. Bei Espresso, okay. Aber nicht bei Kaffee.

Also hat sich selber Wasser mitgebracht. Mit Kohlensäure, classic wie das heute genannt wird, nicht medium.

Erstmal Emails checken. Die ersten Anmeldungen zu den Whiteboard-Präsentations-Shows sind schon eingetroffen. Sonst nichts. Das ist so gut wie alles was er bisher gemacht hat. Whiteboards. Beworben hatte er sich als Administrator. Dafür ist dann Sven eingestellt worden. Er sollte das ebenfalls als zweiter Mann machen. Sollte sich eigentlich genauso gut auskennen, wenn Sven mal krank oder im Urlaub ist. Daneben sollte er auch bei den Whiteboards helfen und eine ERP Lösung für kleine Unternehmen mit aufbauen.

Alles was er im Praktikum gemacht hat, war Flyer für die Präsentationsshow zu erstellen, zu falten und zu verschicken.

Keine Server, nichts mit Netzwerk oder Firewalls. Zweitausend Flyer falten und eintüten.

Klar, ist ja nur ein Praktikum. An den letzten beiden Tagen war der Chef krank, da konnte er zumindest mal einen 2012er Server installieren. Das ist zwar auch nicht anspruchsvoller als Flyer falten, hatte aber wenigstens im weitesten Sinne was mit Servern zu tun.

Und er sollte gestern einen Projektbericht schreiben. Zu einem Projekt, von dem er nichts wusste, und es auch kaum Informationen zu finden gab. Sven, der bei der Projektvorstellung dabei war, konnte oder wollte ihm auch nur rudimentäre Infos geben. Alles was er hatte waren die Details des Kostenvoranschlages. Daraus zimmerte er also die Projektbeschreibung.

Klar, das war ein Test. Der Chef wollte sehen, was er aus den wenigen Informationen machen würde. Und damit würde der Chef sehen können, wie er so etwas aufziehen würde und zeigen, was er vom praktischen Einsatz der unzähligen Möglichkeiten wusste.

Für die Beschreibung hatte er einen ganzen Tag Zeit. Einen ganzen Tag. Eigentlich war er nach 2 Stunden fertig. Hatte nochmal 2 Stunden damit verbracht, die Beschreibungen und sein bestes Verkäuferdeutsch zu verpacken, am Text zu feilen.

Gegen 10:00 Uhr kam dann endlich sein Chef ins Büro.

Das war erstmal ein gutes Zeichen, oder? Würde der für eine Absage extra ins Büro kommen, trotz Krankheit? Bestimmt nicht, oder?

Zum Glück hatte er die Beschreibung schon gestern Abend kurz vor Feierabend ihm per Email geschickt. So konnte er die Frage nach der Beschreibung mit „Hast du schon im Maileingang." beantworten.

„Super", kam vom Chef.

Nach 10 Minuten Durchsicht hatte er nur zwei Anmerkungen, die er verbessert haben wollte.

Das war gut, oder?

Dann war er wieder verschwunden. Hatte sich abgemeldet mit den Worten „bin mal in der Buchhaltung".

Will er jetzt den Arbeitsvertrag fertigmachen? Bitte! Bitte! Bitte!

Auch wenn der Job nicht einhundertprozentig nach seinen Vorstellungen war, es war ein Job. Und damit konnte er was anfangen. Berufserfahrung nachweisen und sich wo anders bewerben, wenn ihm der Verkaufsaspekt des Jobs, wie zu erwarten, zu sehr auf den Geist gehen würde.

Nach einer Stunde war der Chef immer noch nicht zurück. Das war nicht gut, oder?

Was dauerte denn da so lange?

Da!

Da waren Schritte auf der Treppe. Ach war nur Sven, der vom Kunden zurück war.

„Und? Hat er schon was gesagt?"

„Nope."

„Hmm."

„Gab es Anrufe für mich?"

„Nein. Hätte ich dir sonst per Email geschickt."

„Naja wird schon. Ich fahr essen und dann zum Kunden. Soll ich dir was mitbringen?"

„Nein danke, hab mir Brote mitgebracht."

„Okay, ich drück die Daumen."

Und weg war er wieder. Er wusste also auch nichts. Oder wollte nichts sagen. Das war nicht gut, oder?

Da waren wieder Schritte auf der Treppe. Diesmal war es der Chef, nun wurde es Ernst, oder?

„Wollen wir mal drüber sprechen wie es weitergehen könnte?"

Cool bleiben. Ja klar.

„Ich habe eben mit deiner Sachbearbeiterin bei dem Jobcenter gesprochen und wir haben ausgemacht, dass ich das Praktikum gerne nochmal verlängern würde."

Oh, damit hatte er jetzt gar nicht gerechnet. Wenn er jetzt nicht weiß, ob ich hier reinpasse, was soll dann ein weiteres Praktikum.

„Und zwar für weitere sechs Monate."

Stille. Leere.

Für sechs Monate?

„Das Jobcenter würde dir weiter Hartz IV bezahlen und ich würde dir die Fahrtkosten erstatten."

Der wollte also den Lohn in der Probezeit aufs Jobcenter abwälzen.

„Ich würde da gerne erstmal am Wochenende drüber nachdenken, bitte."

„Na klar."

„Ich habe auch jetzt nichts weiter für dich zu tun, wenn du willst, kannst du jetzt schon ins Wochenende."

„Okay, mach ich, ich muss nur den Rechner hier fertig installieren."

„Mach das. Ich bin wieder weg und leg mich ins Bett. Schönes Wochenende. Du meldest dich Montag, ja?"

„Ja mach ich."

Das war nicht gut, oder?

Er fuhr dann also nach Hause und dann begann der Telefonmarathon.

Mit seiner Sachbearbeiterin. Die fand das anscheinend ziemlich normal. Sechs Monate Vollzeit arbeiten, ohne Lohn. Und er bekäme Berufserfahrung.

Alle anderen waren ziemlich geschockt von so einem Angebot.

Sein Vater, selber Unternehmer gewesen, brachte es eigentlich auf den Punkt. Der will die Probezeit auf die Allgemeinheit abwälzen.

Abends im Bett machte die Sache auf einmal auch Sinn. Er sollte ja jemanden ersetzen, der gerade aufgehört hatte. Diese Person machte seine Prüfung zum Fachinformatiker und sollte danach wieder arbeiten. Er wollte nur genug Zeit haben um sich darauf vorzubereiten.

Alles was der Chef wollte war ein möglichst billiger, zeitlich begrenzter Ersatz.

Es war ja schon ausgehandelt gewesen, dass das Jobcenter in der Probezeit 30% des Lohns übernehmen würde. Er war also da schon recht billig zu haben.

Und loswerden könnte er ihn auch recht einfach in der Probezeit.

Saskia, eine Freundin aus Hamburg, hatte ihn auf den Gedanken gebracht. Sie meinte, er könne als Gegenangebot ja um 500 – 700 Euro im Gehalt runtergehen, in der Probezeit.

Wenn er darauf nicht eingehen würde, könne er sich ziemlich sicher sein, dass der nur eine Aushilfe bräuchte, bis der andere wieder da sei. Und er könnte ihn außerdem als Gehaltverhandlungsgrund für den anderen nehmen. Warum soll er dem denn so viel zahlen, wenn er das auch umsonst bekommt?

Er nahm sich genau das vor. Nun saß auf dem Proppen. Den ganzen Samstag und den ganzen Sonntag.

Endlich kam der Montag. Er wollte nicht gleich um 09:00 Uhr anrufen. Also warten.

Um 10:00 Uhr rief er dann endlich an.

So könne er das Angebot nicht annehmen. Als Gegenvorschlag würde er sagen 1500 Euro in der Probezeit, danach das schon ausgehandelte Gehalt. Er müsse dann natürlich noch mit dem Jobcenter sprechen, weil bei dem Billiglohn, übernehmen die sicher nicht 30%. Aber das war sein Gegenangebot.

Lachen hatte noch nie so dreckig geklungen, wie in diesem Augenblick.

„Warum sollte ich dir Lohn zahlen? Und die Probezeit kommt da natürlich noch hinterher. Das ist ja nur ein Praktikum. Tut mir leid, wenn du Lohn für Arbeit möchtest, kommen wir nicht zusammen. Lohn für Arbeit. Lebst du noch in den 80ern?"

Also legte er auf und wünschte sich zurück in die 1980er. Aber schon im Briefkasten wartete 2013 auf ihn. Schlug ihm mit voller Wucht in den Magen.

Deutschland geht es gut.

Das Breitmaul spielt Gitarre

Hinsetzen, aufstehen, rumgehen, hinsetzen, aufstehen, rumgehen.

Man, nervt der.

Beim rumgehen hat er gar nicht bemerkt, dass er seinen Baseballschläger in die Hand genommen hat.

Fühlt sich gut an. Warm. Ganz anders, als die Aluschläger, die man heutzutage benutzt. Dieser hier ist über 20 Jahre alt und hat auch Gebrauchsspuren; vom Baseball spielen.

Klatschend landet der Schlägerkopf in der linken Hand. Das zwiebelt ein bisschen, aber nicht unangenehm.

Und wieder.

Und wieder.

Ah, da scheint eine kleine Delle zu sein, im Schläger.

Das zwiebelt sogar noch etwas mehr, als vorher. Aber immer noch nicht unangenehm.

Jetzt fühlt sich nicht nur der Schläger warm an, nein, auch die linke Hand ist richtig warm jetzt. Und knallrot.

Dafür tut das rechte Handgelenk etwas weh. Ist wohl überanstrengt vom Schläger in die Handfläche klatschen.

Er stellt den Schläger wieder weg und lauscht.

Spielt immer noch Gitarre. Er hat keine Ahnung wie der Song heißt, aber der läuft ständig im Radio. So ein Pop Gejaule.

Aber passt auch zu dem Honk.

Macht einen auf Hippster.

Die lockigen Haare so auf einer komischen Länge gehalten. Nicht mehr kurz, aber auch noch nicht lang. Eigentlich genau die Länge, bei der die meisten den Versuch lange Haare zu haben abbrechen, weil es Scheiße aussieht. Genau auf dieser Länge hält der seine Haare. Weil´s gewollt Scheiße aussieht ist es anscheinend hip.

Über dem lippenlosen Breitmaul sitzt eine dieser modischen Brillen, die neuerdings auf viele Politiker aufhaben, wenn sie sich ein jüngeres Image zulegen wollen. Wo der PR-Berater meinte: „Dobrindt, deine Politik kommt nur bei den 70-90-jährigen an. Also setz dir mal eine hippe Brille auf, dann kannst so tun, also ob zu den Jungen gehörst."

Spielt Pop Gejaule auf der Gitarre nach, aber wenn Musik aus der Anlage kommt ist es Muddy Waters, oder Punk.

Hat wahrscheinlich bei Hornby nachgelesen, was man denn so kennen muss, um zu zeigen, was für einen exquisiten Musikgeschmack man hat.

Ähnlich wie Jan, mit dem er eine Zeit in der Videothek gearbeitet hatte. Der hatte immer Passagen aus Büchern auswendig gelernt, um sie dann im richtigen Moment rezitieren zu können.

Die Kleidung des Breitmauls war natürlich auch einer uniformierten Nonkonformiertheit unterworfen.

Immer hipp, immer Marke, immer im Trend.

Aber wenn es daran geht zu kombinieren, ojemine, was kam ein Grottenmix bei heraus. Kurze Hosen und Spießer Halbschuhe? Erstmal, solche Schuhe haben eigentlich nur Typen freiwillig, die in der Schule mehr Zeit in Mülleimern und Spinten und Schränken, als auf dem Pausenhof verbracht haben.

Und diese Schuhe dann zu einer kurzen Hose tragen? Da fehlen nur noch die grauen Tennissocken gepaart mit Sandalen, fertig ist der hässliche Deutsche im Urlaub minus Bierwampe.

Alles nur abgeschaut, aber nichts verstanden.